尹玲 著

尹玲截句

截句詩系 06

臺灣詩學 25 週年 一路吹鼓吹

【總序】
與時俱進・和弦共振
——臺灣詩學季刊社成立25周年

　　　　　　　　　　　　　　　蕭蕭

　　華文新詩創業一百年（1917-2017），臺灣詩學季刊社參與其中最新最近的二十五年（1992-2017），這二十五年正是書寫工具由硬筆書寫全面轉為鍵盤敲打，傳播工具由紙本轉為電子媒體的時代，3C產品日新月異，推陳出新，心、口、手之間的距離可能省略或跳過其中一小節，傳布的速度快捷，細緻的程度則減弱許多。有趣的是，本社有兩位同仁分別從創作與研究追蹤這個時期的寫作遺跡，其一白靈（莊祖煌，1951-）出版了兩冊詩集《五行詩及其手稿》（秀威資訊，2010）、《詩二十首及其檔案》（秀威資訊，

尹玲截句

2013），以自己的詩作增刪見證了這種從手稿到檔案的書寫變遷。其二解昆樺（1977-）則從《葉維廉〔三十年詩〕手稿中詩語濾淨美學》（2014）、《追和與延異：楊牧〈形影神〉手稿與陶淵明〈形影神〉間互文詩學研究》（2015）到《臺灣現代詩手稿學研究方法論建構》（2016）的三個研究計畫，試圖為這一代詩人留存的（可能也是最後的）手稿，建立詩學體系。換言之，臺灣詩學季刊社從創立到2017的這二十五年，適逢華文新詩結束象徵主義、現代主義、超現實主義的流派爭辯之後，在後現代與後殖民的夾縫中掙扎、在手寫與電腦輸出的激盪間擺盪，詩社發展的歷史軌跡與時代脈動息息關扣。

臺灣詩學季刊社最早發行的詩雜誌稱為《臺灣詩學季刊》，從1992年12月到2002年12月的整十年期間，發行四十期（主編分別為：白靈、蕭蕭，各五年），前兩期以「大陸的臺灣詩學」為專題，探討中國學者對臺灣詩作的隔閡與誤讀，尋求不同地區對華文新詩的可能溝通渠道，從此每期都擬設不同的專題，收集

專文，呈現各方相異的意見，藉以存異求同，即使
2003年以後改版為《臺灣詩學學刊》（主編分別為：
鄭慧如、唐捐、方群，各五年）亦然。即使是2003年
蘇紹連所闢設的「臺灣詩學・吹鼓吹詩論壇」網站
（http://www.taiwanpoetry.com/phpbb3/），在2005年
9月同時擇優發行紙本雜誌《臺灣詩學・吹鼓吹詩論
壇》（主要負責人是蘇紹連、葉子鳥、陳政彥、Rose
Sky），仍然以計畫編輯、規畫專題為編輯方針，如
語言混搭、詩與歌、小詩、無意象派、截句、論詩
詩、論述詩等，其目的不在引領詩壇風騷，而是在嘗
試拓寬新詩寫作的可能航向，識與不識、贊同與不贊
同，都可以藉由此一平臺發抒見聞。臺灣詩學季刊社
二十五年來的三份雜誌，先是《臺灣詩學季刊》、後
為《臺灣詩學學刊》、旁出《臺灣詩學・吹鼓吹詩論
壇》，雖性質微異，但開啟話頭的功能，一直是臺灣
詩壇受矚目的對象，論如此，詩如此，活動亦如此。

　　臺灣詩壇出版的詩刊，通常採綜合式編輯，以詩
作發表為其大宗，評論與訊息為輔，臺灣詩學季刊社

則發行評論與創作分行的兩種雜誌，一是單純論文規格的學術型雜誌《臺灣詩學學刊》（前身為《臺灣詩學季刊》），一年二期，是目前非學術機構（大學之外）出版而能通過THCI期刊審核的詩學雜誌，全誌只刊登匿名審核通過之論，感謝臺灣社會養得起這本純論文詩學雜誌；另一是網路發表與紙本出版二路並行的《臺灣詩學・吹鼓吹詩論壇》，就外觀上看，此誌與一般詩刊無異，但紙本與網路結合的路線，詩作與現實結合的號召力，突發奇想卻又能引起話題議論的專題構想，卻已走出臺灣詩刊特立獨行之道。

臺灣詩學季刊社這種二路並行的做法，其實也表現在日常舉辦的詩活動上，近十年來，對於創立已六十周年、五十周年的「創世紀詩社」、「笠詩社」適時舉辦慶祝活動，肯定詩社長年的努力與貢獻；對於八十歲、九十歲高壽的詩人，邀集大學高校召開學術研討會，出版研究專書，肯定他們在詩藝上的成就。林于弘、楊宗翰、解昆樺、李翠瑛等同仁在此著力尤深。臺灣詩學季刊社另一個努力的方向則是獎掖

青年學子，具體作為可以分為五個面向，一是籌設網
站，廣開言路，設計各種不同類型的創作區塊，滿足
年輕心靈的創造需求；二是設立創作與評論競賽獎
金，年年輪項頒贈；三是與秀威出版社合作，自2009
年開始編輯「吹鼓吹詩人叢書」出版，平均一年出版
四冊，九年來已出版三十六冊年輕人的詩集；四是興
辦「吹鼓吹詩雅集」，號召年輕人寫詩、評詩，相互
鼓舞、相互刺激，北部、中部、南部逐步進行；五是
結合年輕詩社如「野薑花」，共同舉辦詩展、詩演、
詩劇、詩舞等活動，引起社會文青注視。蘇紹連、白
靈、葉子鳥、李桂媚、靈歌、葉莎，在這方面費心出
力，貢獻良多。

　　臺灣詩學季刊社最初籌組時僅有八位同仁，
二十五年來徵召志同道合的朋友、研究有成的學者、國
外詩歌同好，目前已有三十六位同仁。近年來由白靈協
同其他友社推展小詩運動，頗有小成，2017年則以「截
句」為主軸，鼓吹四行以內小詩，年底將有十幾位同仁
（向明、蕭蕭、白靈、靈歌、葉莎、尹玲、黃里、方

群、王羅蜜多、雲朵、阿海、周忍星、卡夫）出版《截
句》專集，並從「facebook詩論壇」網站裡成千上萬的
截句中選出《臺灣詩學截句選》，邀請卡夫從不同的角
度撰寫《截句選讀》；另由李瑞騰主持規畫詩評論及史
料整理，發行專書，蘇紹連則一秉初衷，主編「吹鼓
吹詩人叢書」四冊（周忍星：《洞穴裡的小獸》、柯
彥瑩：《記得我曾經存在過》、連展毅：《幽默笑話
集》、諾爾‧若爾：《半空的椅子》），持續鼓勵後
進。累計今年同仁作品出版的冊數，呼應著詩社成立的
年數，是的，我們一直在新詩的路上。

　　檢討這二十五年來的努力，臺灣詩學季刊社同
仁入社後變動極少，大多數一直堅持在新詩這條路上
「與時俱進‧和弦共振」，那弦，彈奏著永恆的詩
歌。未來，我們將擴大力量，聯合新加坡、泰國、馬
來西亞、菲律賓、越南、緬甸、汶萊、大陸華文新詩
界，為華文新詩第二個一百年投入更多的心血。

2017年8月寫於臺北市

【序】
截句或謎

尹玲

　　當他們說要進行「截句」作為2017的一種「詩
體」最潮活動、讓它「流行」時，你立刻想到的竟然
是很小時候，自己的童年和少女時代，在越南美萩常
跟同學、朋友們玩的一種言語「截句」或「截字」、
「截音」遊戲。

　　詩人們說，每首最多只能四句；新創作的最好，
否則就將以前的作品「截」成四行，以形式、內容、
技巧、意象、意涵等為主或全部一起都行。這模樣想
起來，就應該是：本來篇幅長些、句子或字數多些，
只需詩人以其才華輕揮一筆或半筆，就能精簡濃縮

成外貌簡潔但意涵豐富技巧高超的「詩」，可以被「截」去的，都不必可憐它們，全部清掃即可。

　　然而，你小時候玩的遊戲，卻好像剛好相反，其實你們是給每一首詩，例如說六八體的越南詩，或是每一句你們說出來的話，在每一個字的後面再加上一個字或一個音，而且加進去的每一個字或音都是同樣的韻，聽起來彷彿在朗誦一首詩，但句子真正的意思就必須由「聽」的人將加上去的字或音「截」去才能明白了解。小人兒們都自以為很聰明很厲害，因為大人們聽了半天，都無法聽懂你們這群小東西到底在說什麼、玩什麼，到底想幹什麼。

　　長大後，初中畢業進入高中時，有幾位與你交情較好的朋友或同學，在聊天說話抬槓時，雖然不像小時候多加「無用」的「廢音」讓聽的人去截字截音，但也常像歇後語那樣只說一半或一部分，「截去」未說出來的那一半，對方往往會「自然」明白；當然，不是你們「群」中的人，也是無法聽懂的。

　　2017年1月至今，你沒有哪一個月是靜靜待在一個地方的；流浪途中，你也沒本事像多少詩人創作出特好的「截句詩」。最後，你只好從自己幾本詩集中挑選一些作品來進行「截句」實驗，只留其中一至四句詩行，嘗試從這些關鍵詩句濃縮原來整首詩的關鍵意涵及鎖住其關鍵意象，或是截，或是節，或是潔、結、捷、劫、竭，甚或絕。但事實上，有的詩作可以，有的卻不一定。

　　你小學和中學嘗試寫「新詩」，受到冰心、徐志摩和徐訏的影響最大。開始投稿時，幾乎每首詩都有好幾節，每節四行，將想表達的意思全「擠」到篇幅不短的「詩」裡。1965年接觸到臺灣現代詩後，形式、方法才有了些改變。1976年至1986年完全拒絕寫作之後的再重新出發，竟然全部以詩為主，2000年之後才再又回頭去寫一些散文。多種和多重的嘗試之下，長、短篇幅的詩都曾進行書寫過，而這次進行的最終結果，就是此「截句集」中的71首所謂「截句」詩。

　　你將71首分成四輯：

　　「輯一」較多的是與文化、旅遊或異國風情相關的詩；例如〈夏季開到最盛〉寫的是：我們看見冬雪下的火花，即使在盛夏時，卻已閃爍其間掩映中存活的自己；有這種感受是因數十年來，你常於寒冬零下十度到歐洲尋找夏季盛時的自己；又於暑假時在歐洲或美洲度過長長的夏季，因不同地區不同氣溫而彷彿看到壁爐火花掩映中的你。不斷在「旅途」上「揮霍」四季的你，哪一個你才是真正的你？哪一處才是你真正想留下來的地方？

　　你將原來詩中第二節的第八句特地放到「截句詩」中的第四行，簡潔明瞭，哲理更深。

　　〈零度書寫〉與〈如何解讀〉中的羅蘭・巴特；〈舞入永恆〉的努里耶夫；〈圍牆已睡〉和〈風情柔燈堡〉的德國，〈朱門不再〉的敘利亞著名沙漠PALMYRE，還有〈米蘭漫步〉、〈如歌午後〉、〈SALUTE〉都是威尼斯，〈漾入童年〉有點尋根味道，都是你偶爾書寫的多處流浪點滴。

　　「輯二」企圖以生命中的戀愛淡化悲情；即使如

此，愛情也都因不同時空的種種阻礙，往往被迫以悲
劇收場：〈昨日如夢之河〉戰火下的哀傷生離，〈我
留在PALMYRE的〉與〈不能回卷的畫裡〉因種族不
同而只能永別。唯一甜美的也許就是〈ISPAHAN〉，
是因甜點果真甜美？因男主角最俊帥？因整個製作糕
點過程與詩創作過程甜美無瑕？或因ISPAHAN的「獻
與」過程如夢一般？除此詩之外，是否每一段愛情都
只是一次死生的輪迴？

　　「輯三」幾乎全是越戰所帶來的永恆傷痛，至今
仍未稍減：少女時代1968戊申那場最慘烈的戰爭，整
個南越接近「滅亡」，六〇年代的如魘烽煙，與家人
暫別成為永訣的苦痛深淵；到今日2017年仍是無法下
嚥的〈絕代美食〉；從重新執筆創作開始，每寫一次
幾乎就是再次死生一回；回到故居的經歷是「凌遲」
的重新體驗，你自1994年到今天，每年都回去一至兩
次！！「截入」輯三的幾乎是二十世紀六〇年代及其
後歲月的一個「重構」與重新存在和存活！

　　「輯四」是真實與虛幻在你生命中的不斷變幻：

一切的實景似乎只是幻象：此時在你眼前，下一秒鐘會在何處？你尋回的美萩已沒有你，你一而再、再而三尋尋覓覓的西貢已是高樓大廈，法國唯美與唯藝術味道漸去漸遠，終至消失；那年的夢幻浪漫現在連在夢裡也看不見。你於1985和2001去過兩次徘徊良久不忍離去的敘利亞，最近六、七年來戰火下的面貌，不就是你曾活過的「越戰」翻版嗎？尤其三歲的AYLAN於離鄉逃難時竟在異鄉海灘上長眠的悲淒畫面；還有最近十月一日白人槍手在美國賭城恐怖大屠殺等等，是你每次想起便掉眼淚的深沉哀痛。飛啊！何時能飛？何處能飛？在全球永無斷絕時刻的砲彈煙火之下！

即使一年365天，有一大半的時間你都是在許多異鄉的旅途上，卻甚少關於他鄉的景色書寫，有的只是感觸、感慨、感懷、感傷。2017年去歐洲兩次、香港四次、大陸兩次、越南兩次，波羅的海三小國、波蘭、法國，你寫了哪一個字嗎？腦裡只有「集中營」的一再出現，從你少女時看「紐倫堡大審」影片

至今，去了波蘭之後，所有的畫面變得更清晰、更確定、更真實。

你發現在此詩「集」中痛苦的詩特多，與戰爭烽火、國破家亡、生離死別、顛沛流離、永恆孤寂總脫不了關係。本來一切都早已進入二十世紀越戰烽煙瀰漫無法知其去向，早應放下的，於你卻成為永恆的謎，只因它曾在某一瞬間駐入你腦海心底，那痛楚也化為永恆的謎，長駐你心間，無法開解。

許多國家都市鄉鎮你一去再去，次數無法記得，例如法國、德國、奧地利、瑞士、義大利、西班牙、越南、荷蘭等等，照片也是多到無法記住。書中的照片大多攝於威尼斯，如夢似幻若假還真永在晃盪的威尼斯是你特愛之都；還有又是異鄉又是故鄉的法國與越南，以及……

關於「截句詩」，每位詩人都有自己的理解、論述及其「截句」方式、技巧；你一直都在真正旅行、流浪路上，偶爾停駐下來書寫。那麼，這一冊不怎麼

樣的「截句」詩，能否也勉強算「截句詩」，或其實
只是回憶起兒時遊戲的另一種不同作法之「截句」？
或另一種竭句節句潔句結句絕句？另一種恰巧碰到的
創作？或應該說，也只是自十六歲開始嘗試創作至今
的你，在書寫的不間斷流浪途中，剛好遇上的暫駐之
處，是再偶然不過的一種「謎」而已？

目　次

輯一｜夏季開到最盛

輯二 | 昨日如夢之河

輯三｜千古凝眸

輯四｜永恆翻譯永恆

尹玲
截句

夏季開到最盛

夏季開到最盛

曾經夏季開到最盛

我們便已看見閃爍其間

一朵冬雪覆蓋下的火花

那掩映中存活的自己

零度書寫

我已成為那個零度

全然透明澈底中性
純潔的白色書寫
完全自置局外　不介入

金色午後

蔥翠梧桐樹下黑咖啡前

銀白的梵樂希詩集塞納河西去

聖母院鐘聲飄揚四空

一個金色的夏日午後

舞入永恆

舞成終結的牧神
舞成不凋的一朵玫瑰
舞成升空的白圖拾卡

舞入藝術──你此生唯一的家國

雋永

既是一種雋永

就會那樣時時醒著

不須任何言語呼喚

尹玲截句

攝於巴黎，2017年農曆新年。

漾入童年

你在巴黎漾入春節的舞獅歡樂

春節是中國和越南的
舞獅的鑼鼓響亮和姿態繁複是你童年的

你的童年是越南美萩的

尹玲截句

攝於米蘭，2017年7月。

米蘭漫步

將你我能聚在一起的時光
揮灑入多少迷人的空間

例如日內瓦湖邊的Montreux及其夢幻
或是此刻漫步米蘭大教堂頂上的愜意黃昏

尹玲截句

攝於日內瓦湖邊夢幻Montreux，2016年7月。

攝於威尼斯花神，2016年7月。

如歌午後

小提琴飄起迷人的威尼斯魔力
你攜來我美妙的少女歲月喚醒當年所有蜜意
以你長長指尖撥弄以你深情眼眸凝睇

我醉入有你的威尼斯花神如歌午後

攝於威尼斯花神，2016年7月。

尹玲截句

攝於威尼斯，2016年7月，黃昏。

SALUTE

輕盪絕美水色輕盪絕色威尼斯

輕盪陸上SALUTE映襯輕盪水中SALUTE

浴著燦爛晚霞黃昏夢幻

剔透你我此刻美酒佳餚燭色夜色的特有晶瑩

如何解讀

你說巴黎因鐵塔而融為一片自然
人潮流湧成變動的風景

但你如何解讀
Basque風情那另外一種結構？

豔如玫瑰

人間的恨盪漾空氣中
大地不再乾渴
人們正灌它以新鮮的美血

豔如玫瑰

圍牆已睡

永遠不會翻身

那一夜
圍牆睡成
歷史

風情柔燈堡（**Rothenburg**）

護城河仰吻的城牆
照映過億萬顆宛若珊瑚的落日

城樓慇勤扶持鐘塔
一同輕撫每一分秒的流逝

尹玲截句

朱門不再

那駱駝在不相識的晚風裡昂首
忽的牽動嘴角
將一朵半開的微笑淺淺地掛上
Palmyre不再的朱門

吹向

所有的人終將離去
唯獨詩人飛越一切
留下絲絲涼風
吹向未來開闊的天空

疊疊環扣

奔流過久之舟

泊入昔日碼頭

繫住宛如夢寐的

疊疊環扣

剛好

家中僅剩的孩子
昨天在一場不關他事的某雙方衝突中
吃下一枚
剛好送到的子彈

如紗薄翼

北京一隻蝴蝶
薄翼如紗
捎起紐約一陣莫名的
暴風雨

昨日如夢之河

璀璨

我看見自己正一步一步從1999走向1979最美的季節
看見他正從1979邁入1999夏季的黃昏

巴黎是璀璨的鏡
鐵塔是鏡中之花

我留在Palmyre的

走向亞洲是你不再轉向的路
迷惘黃昏下最美的大漠蒼茫

你終成為天地之間
我留在Palmyre的永恆夕陽

永恆隧道

縱使我翹首一萬次
你仍像時光一樣逸去
遁入任誰都不願伸出
援手的永恆隧道裡

不能回卷的畫裡

你站在歐洲的水上

看著亞洲的那人

慢慢走入

一幅不能回卷的畫裡

逸入纏綿水聲

共舞曼陀林的夢幻
情歌迴旋
我們一起逸入
威尼斯那片纏綿的水聲

尹玲截句

攝於威尼斯，2016年7月，黃昏。

那年

Gondola依舊輕晃在浪漫的幽幽運河上

那船夫依舊輕唱挑逗的義大利情歌

那月亮依舊輕灑如真似假的銀光於夢幻河面

你的影子卻早已逝入那年的夏日纏綿

生命的樹

我的心此刻是一株枯木
等待你攜回讓我能再生的整個春季

自前世我們兩個生命即已跳動呼吸一致
——你我原是一株生命的樹

幾時

幾時我們是雨

沁入彼此

沁入你血中的淚

我淚中的血

昨日如夢之河

瀰漫煙霧散去
然而你我親手栽種的玫瑰半朵
早已沉默掩沒
在如夢遠逝的昨日之河

進入你

我的美體

經由你雙唇開闔

進入你

完全溶於你

酒要呼吸

酒要呼吸如

愛　如你我的

呼吸　它要

空氣

待月

煙柳深處是大悲湖

我們靜坐湖邊

等二十五年前的月亮

再次從暮色中升起

你那瞳眸

黃昏輕逸飄入你眼
玲瓏滴轉宛若水晶璀璨
你那瞳眸
剪下的一朵夕陽

黑夜白日

滴滴雨珠是對對晶瑩的複眼
夜夜開闔玉色底相思

一定的我們將永匯成一海
呼吸著一樣深邃的同一名字

尹玲截句

攝於臺北，2015年6月。

默契

默契早已默許
自那年那日初次相見
相互凝視的你我眼神
即已交換此生所有諾言

尹玲截句

攝於巴黎，2016年8月。

ISPAHAN

玫瑰一瓣舒展蜜意

沁入絕色的覆盆子冰沙

覆著這一勺玫瑰奶霜　就在那最中心的荔枝

正歌出永恆雋永的甜美實境

尹玲截句

一同浴入

相遇於曼陀琳義大利情歌糾葛的纏綿裡

永遠晃漾水中夢幻迷離的你我

悠揚漾起水聲水影裡的GONDOLA輕舟樂曲

與你我一同浴入璀璨金色月光清澄如玉

進入永恆

我是沙你是浪潮

濡濕我捲緊我

進入永恆

尹玲
截句

千古凝眸

懸

回鄉是一條千回萬轉的愁腸

中間又打著許多結

讓你一步懸在半空

足足掛了二十一年

痛

炙熱的三月末
野草恣意長著　像你
心頭恣意長著的痛

義祠向晚

在永恆的茫茫裡

母親的明眸細語已成三行淒啞的字
父親的剛毅熱情換來六尺石塊的冷

一生心血僅存半輪落日
兩茫茫的死生化為永恆的生死兩茫茫

攝於美萩（Mỹ Tho），2017年4月。

路過故居

路過故居
卻是未敢稍留

才二十五年便已
彷彿前生

年月

年月若魘啊愛原是血的代名詞

照明彈眩盲我們的雙睛

天燈那樣夜夜君臨空中

攝去我們急索空氣的呼吸

千古凝眸

半秒鐘的遲疑　瓦礫之上

死亡躺在高速炮的射程內

一翻身就攫去你我的凝眸

一眼便成千古

許諾

你幽然而來　一襲青衣
裹不住那眉宇間的烽火
烽火流成河　淹沒
甚至未及開口的許諾

菱鏡

烽煙是我們隨身攜帶的菱鏡

在別人不知愁的少女時代
我們青春的笑眸閉在鏡中
被薰成一條完整的淚河

想我六〇年代

想我六〇年代

有一種明確的不確定性

執著地貫徹

流過

無影

二十五年是一條河
你在河的那一端
漸去漸遠

終至無影

如醒如夢

我們靜靜悼念

血花紛飛下

單薄如夢脆弱如醒

稍縱即逝的玫瑰年華

宿命邊緣

我們是宿命的終生異鄉人
額上紋著判無歸屬的黑章
在邊緣地帶無終止地飄蕩

流淚碑石

照明彈終在你的眸中

豎成萬道不帶名姓的碑石

細細地流著湄河一樣

不會停止的淚

橙縣的那小西貢

不是橙

那小西貢啊

正是二十年越戰血花開在槍托上

另一品種的戰利果

春闌時

繁花散盡春闌時

海岸邊一朵一朵沙石的藍薊

開滿依舊凝視

傷別的風底衣帶恣意飄過

一九六八戊申南越

騰空一躍

孫悟空把昨宵的羔羊

在沖天的柱柱鞭炮中

化成漫天翻飛的灰

尹玲截句

絕代美食

在越南西貢記住要點一直存在影響深遠的中國菜法國菜美國菜

在順化可要燃點活埋在戰亂深淵沉入香河的無數冤魂天燈菜

在河內毋忘多點永烙心頭世世難忘的地雷菜戰鬥菜轟炸菜

永恆翻譯永恆

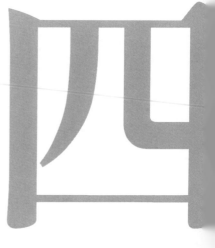

拍遍世上欄杆

夜夜登臨

二十世紀末的危樓

曳著五千年的心事

拍遍世上欄杆

髮色

一切終如冬夏
就讓牙梳　世間的永恆且唯一
在眾愁日夜染洗之後
梳出時間最中意的那一抹髮色

綻放

髮的心事遂白成濃霧

當夜

綻放

如花

我

任你喊我苦苣或甘苣

稱我天香菜或吉康菜

我仍是我　絕不因任何外力影響

改變原始的最初氣質

背叛

它早就蓄意背叛

恣縱地走向白

無視癡想的黑

任你以死誘迫

如何尋覓

故事故事就在你我柔和言笑之間

輕盈細膩地沁透我們

最終凝成心頭的最濃記憶

然任何一鄉最後都只是你我回不去的一個他處

永存孤寂

上一個世紀的我將花樣的青春

徒然植入

這一個世紀花樣已逝卻仍

孤寂飄泊的我

尹玲截句

實景幻象

飄流的真實面貌棒喝你所有的所謂實景
實際上全只不過是離鏡的從未存活之不實幻象

唯有

這語那語

此鄉彼鄉

漂泊是你宿命

孤單是你真形

尹_截^玲句

永恆翻譯永恆

翻譯是你從小註定的一生運命
自此國翻成彼國自故鄉譯成那鄉
從殖民變為外邦從實有化為虛幻

一出生即已永恆

不斷的出發

不斷的出發

便無法完成一次真正的回歸

一千隻伸展的翅

何如一雙棲止的鞋

迷惘歲月

我們閱讀《戰爭與和平》
企圖在不斷的戰火砲彈裡
尋找一隻尚未迷途的真正白鴿

那時，我們正迷惘在青春歲月中的迷濛

波希米亞

你的異國雙眸只有我那時的亮麗容顏

「大馬士革玫瑰」餐廳依舊綻開在G. L. 街上

我的大馬士革玫瑰卻已凋謝他方

你我的波希米亞早隨塞納河水西流終至無跡

尹玲_截句

在敘利亞的KRAK DES CHEVALIERS

1985年碉堡上的你望向八公里外的貝魯特城
那時你的黎巴嫩朋友只有逃亡他處

2012年在同樣的碉堡上，你問所有的神：
我原在敘利亞裡的朋友們是否正逃往貝魯特或土耳其？

靜享獨處

彷彿南歐的風正輕撫

逝去時光的支支

白旗

所有記憶頓時翻飛起來

符碼

北京一隻蝴蝶

華府一個手勢

悲愴是僅有的獨一

符碼

戰火紋身

戰火紋身
痛的不是只有地面

哪一面魔鏡能顯現
千萬隱去的容顏

唯獨留下

拆去一切

記憶的可能

唯獨留下

撒滿空中的口沫

臺灣詩學25週年　截句詩系06　PG1910

尹玲截句

作　　　者／尹　玲
攝　　　影／尹　玲
責任編輯／辛秉學
圖文排版／周妤靜
封面設計／楊廣榕

發 行 人／宋政坤
法律顧問／毛國樑　律師
出版發行／秀威資訊科技股份有限公司
　　　　　114台北市內湖區瑞光路76巷65號1樓
　　　　　電話：+886-2-2796-3638　傳真：+886-2-2796-1377
　　　　　http://www.showwe.com.tw
劃撥帳號／19563868　戶名：秀威資訊科技股份有限公司
　　　　　讀者服務信箱：service@showwe.com.tw
展售門市／國家書店（松江門市）
　　　　　104台北市中山區松江路209號1樓
　　　　　電話：+886-2-2518-0207　傳真：+886-2-2518-0778
網路訂購／秀威網路書店：http://store.showwe.tw
　　　　　國家網路書店：http://www.govbooks.com.tw

2017年12月　BOD一版
定價：230元
版權所有　翻印必究
本書如有缺頁、破損或裝訂錯誤，請寄回更換

國家圖書館出版品預行編目

尹玲截句 / 尹玲著. -- 一版. -- 臺北市：秀威
資訊科技, 2017.12
　　面；　公分. -- (截句詩系；6)
BOD版
ISBN 978-986-326-497-2(平裝)

851.486　　　　　　　　　106021306

讀者回函卡

感謝您購買本書，為提升服務品質，請填妥以下資料，將讀者回函卡直接寄回或傳真本公司，收到您的寶貴意見後，我們會收藏記錄及檢討，謝謝！
如您需要了解本公司最新出版書目、購書優惠或企劃活動，歡迎您上網查詢或下載相關資料：http:// www.showwe.com.tw

您購買的書名：＿＿＿＿＿＿＿＿＿＿＿＿＿＿＿＿＿＿＿＿＿＿

出生日期：＿＿＿＿＿年＿＿＿＿月＿＿＿＿日

學歷：□高中 (含) 以下　　□大專　　□研究所 (含) 以上

職業：□製造業　□金融業　□資訊業　□軍警　□傳播業　□自由業
　　　□服務業　□公務員　□教職　　□學生　□家管　□其它＿＿＿

購書地點：□網路書店　□實體書店　□書展　□郵購　□贈閱　□其他

您從何得知本書的消息？

　□網路書店　□實體書店　□網路搜尋　□電子報　□書訊　□雜誌
　□傳播媒體　□親友推薦　□網站推薦　□部落格　□其他＿＿＿＿＿

您對本書的評價：(請填代號　1.非常滿意　2.滿意　3.尚可　4.再改進)

　封面設計＿＿　版面編排＿＿　內容＿＿　文／譯筆＿＿　價格＿＿

讀完書後您覺得：

　□很有收穫　□有收穫　□收穫不多　□沒收穫

對我們的建議：＿＿＿＿＿＿＿＿＿＿＿＿＿＿＿＿＿＿＿＿＿＿

＿＿＿＿＿＿＿＿＿＿＿＿＿＿＿＿＿＿＿＿＿＿＿＿＿＿＿＿＿＿

＿＿＿＿＿＿＿＿＿＿＿＿＿＿＿＿＿＿＿＿＿＿＿＿＿＿＿＿＿＿

＿＿＿＿＿＿＿＿＿＿＿＿＿＿＿＿＿＿＿＿＿＿＿＿＿＿＿＿＿＿

11466
台北市內湖區瑞光路 76 巷 65 號 1 樓
秀威資訊科技股份有限公司　　　收
BOD 數位出版事業部

....

（請沿線對折寄回，謝謝！）

姓　　名：＿＿＿＿＿＿＿＿　年齡：＿＿＿＿　性別：□女　□男

郵遞區號：□□□□□

地　　址：＿＿＿＿＿＿＿＿＿＿＿＿＿＿＿＿＿＿＿＿＿

聯絡電話：(日) ＿＿＿＿＿＿＿＿＿　(夜) ＿＿＿＿＿＿＿＿＿

E-mail：＿＿＿＿＿＿＿＿＿＿＿＿＿＿＿＿＿＿＿＿＿